THE MEXIGLISH GIRL
LA CHICA MEXIGLISH

By Natalia Simons
Illustrated by Alessia Fraschetta

Copyright © 2021 by Bilingo Books

All rights reserved. No part of this publication may be reproduced, distributed, or transmitted in any form or by any means, including photocopying, recording, or other electronic or mechanical methods, without the prior written permission of the publisher, except in the case of brief quotations embodied in critical reviews and certain other noncommercial uses permitted by copyright law.

Gloria lives in **England** with her Mexican mother and English father. Her parents met many years ago, when her father was travelling around Mexico and was passing through a village in the mountains.

Gloria vive en **Inglaterra**, con su mamá mexicana y su papá inglés. Sus padres se conocieron hace muchos años, cuando su papá viajaba por México y pasó por un pueblo en las montañas.

At lunchtime, Gloria enjoys teaching Spanish phrases to her friends, as it makes her feel proud of her heritage.

"Gloria, how do you say **frog** in Spanish?" Emma asks.

"Rana!" Gloria replies. "You roll your tongue on the r like this, *rrrrrr*."

Emma and her classmates laugh as they think it sounds funny.

A la hora del almuerzo, a Gloria le gusta enseñarles frases en español a sus amigos, pues esto le hace sentirse orgullosa de su herencia cultural.

—Gloria, ¿cómo se dice **rana** en español? —pregunta Emma.

—¡Rana! —responde Gloria—. Haces vibrar la lengua cuando dices la erre, así *rrrrrr*.

Emma y sus compañeros de clase se ríen, ya que piensan que suena gracioso.

The teacher overhears them laughing and asks, "Do you know how **lucky** you are to have Gloria teaching you Spanish? It will come in useful one day."

The children are surprised when the teacher walks away repeating "Rrrrana!" and rolling her tongue!

La maestra alcanza a oír que los niños se están riendo y les pregunta:

—¿Saben que tienen mucha **suerte** de que Gloria les enseñe español? Algún día les será de utilidad.

Los niños se quedan sorprendidos, especialmente cuando la maestra se aleja repitiendo "Rrrrana" mientras hace vibrar la lengua.

Summer has arrived and it's time for Gloria to visit her family in Mexico. Mexico is far away, so they have to hop on a plane. Gloria can't wait to see her grandma, she loves her very much.

El verano ha llegado y es la época en que Gloria visita a su familia de México. México está a muchos kilómetros de distancia, así que tienen que subirse a un avión. Gloria tiene ganas de ver a su abuela. La quiere mucho.

"Grandma, I missed you so much!" Gloria says, as she hugs her tightly.

"I missed you too, my darling girl," says **grandma**.

—¡Abuelita, te extrañé mucho! —dice Gloria, y la abraza con fuerza.

—Yo también te extrañé, mi querida niña —dice su **abuela**.

Life in the village in Mexico is very different to where Gloria lives back in England. The **weather** is much warmer, the locals listen to merry music and at the weekend they dance in the open air.

During the first few days, Gloria finds it a little difficult adapting to the language, weather and spicy food.

La vida en el pueblo de México es muy diferente a la del lugar donde vive Gloria en Inglaterra. **El clima** es mucho más cálido, la gente escucha música alegre y los fines de semana hacen bailes al aire libre.

Durante los primeros días, a Gloria le cuesta un poco adaptarse al idioma, al tiempo y la comida picante.

All the **family** have come for dinner: Aunt Lupe and Carmen, and her uncles Alberto and Francisco, along with their children – which is so much fun for Gloria, as she can spend time playing with them.

Toda **la familia** se reúne para cenar: la tía Lupe y Carmen, y los tíos Alberto y Francisco junto con sus hijos, lo cual es divertido para Gloria, porque pasa el tiempo jugando con ellos.

"Gloria, it's time for **dinner**. I've made some delicious enchiladas!" says grandma.

Gloria isn't too sure but has a little nibble.

"Grandma, they're too spicy. I don't like them."

Her grandma smiles and says, "Don't worry darling, have a cool sip of lemonade. It can take a while to get used to the heat."

—Gloria, es hora de **cenar**. ¡Hice unas deliciosas enchiladas! —dice su abuela.

Gloria no está muy segura y prueba un poco.

—Abuelita, pican mucho. No me gustan.

Su abuela sonríe y dice:

—No te preocupes, mi vida, toma un poco de limonada. Puede llevarte algún tiempo acostumbrarte a los condimentos.

In the evenings, Gloria sits on her grandma's lap watching the crimson sunset while grandma tells her all about Mexican traditions.

Today she learns about the **Day of the Dead**. At first, Gloria doesn't understand it.

Por las noches, Gloria se sienta en el regazo de su abuela y mira la puesta de sol carmesí, mientras su abuela le cuenta las tradiciones mexicanas.

Hoy aprende sobre el **Día de los Muertos**. Al principio Gloria no lo entiende.

"It's a very important tradition. It's a special day where we **remember** family and friends we've lost. We celebrate their lives by dressing up, and making altars with offerings of marigolds and pink sugar skulls. We hang their pictures at the altar too, and place all the things they enjoyed in life beside them: horchata for your grandpa, sugary bread for my mother and a little green guitar for my uncle," explains Grandma.

—Es una tradición muy importante. Es un día especial en el que **recordamos** a nuestra familia y a los amigos que hemos perdido. Celebramos sus vidas poniéndonos disfraces, haciendo altares con ofrendas, flores de cempasúchil y calaveras de azúcar rosadas. Colocamos sus fotos en el altar y junto a ellas ponemos las cosas que les gustaban en vida: agua de horchata para tu abuelo, pan dulce para mi mamá y una guitarrita verde para mi tío —explica la abuela.

Gloria goes to bed **dreaming** about all the Mexican traditions she learnt from grandma. She realises how important the Day of the Dead is because it's a special day to honour our ancestors.

Gloria se va a la cama **soñando** sobre las tradiciones que le enseñó su abuela. Se da cuenta de lo importante que es el Día de los Muertos porque es un día especial para honrar a nuestros antepasados.

The next day, Gloria goes looking for her **friends**. She sees them in the distance playing with a colourful piñata. She runs over and hugs them.

"We missed you Gloria! Do you want to hit the piñata? You have to be blindfolded though!"

Al día siguiente, Gloria va a buscar a sus **amigos**. Los ve a lo lejos jugando con una piñata colorida. Corre y los abraza.

—¡Te extrañamos Gloria! ¿Quieres pegarle a la piñata? Pero tienes que taparte los ojos.

Gloria isn't sure because she's never hit a piñata, but she has a go!

One, two, three! She tries to strike the **piñata** but the bat swings in the air and misses. Gloria has another go but ends up hitting the floor instead.

The children tease her, "She's from England – the English don't know how to hit a piñata!"

Gloria no está segura porque nunca le ha pegado a una piñata, ¡pero ahora tiene la oportunidad!

Uno, dos, tres, intenta pegar a **la piñata**, pero el palo sólo se mueve en el aire. Gloria lo intenta de nuevo pero termina pegándole al suelo.

Los niños dicen: "¡Ella es de Inglaterra, los ingleses no saben pegarle a la piñata!"

Some of the children laugh, and at that moment Gloria finds it hard to respond in Spanish so, she runs to her grandma's house.

"Grandma! I couldn't hit the piñata, and when they laughed I couldn't remember any Spanish words. Sometimes I feel more English than Mexican and it makes me **confused**."

Algunos niños se ríen, y en ese momento a Gloria le cuesta trabajo responder en español, y por eso corre a casa de su abuela.

—¡Abuelita! No pude darle a la piñata, y cuando se rieron de mí no pude recordar ni una palabra en español. A veces me siento más inglesa que mexicana, y eso me **confunde**.

Grandma says, "Don't worry my darling girl. It's normal to feel like that. You live in England all year round and it takes some time to get used to being in Mexico – just like I told your mum when she first moved to England. **Breathe** and count to ten whenever you feel upset."

Gloria smiles and her grandma continues, "Next time you try to hit a piñata, stay still, relax – and let it come to you."

Su abuela le dice:

—No te preocupes, mi niña querida. Es normal sentirse así. Tú vives en Inglaterra todo el año y lleva un tiempo acostumbrarse a estar en México. También le dije lo mismo a tu mamá al principio cuando se fue a vivir a Inglaterra. **Respira** y cuenta hasta diez cada vez que te sientas alterada.

Gloria sonríe y su abuela continúa:

—La próxima vez que intentes pegarle a la piñata, quédate quieta, relájate y deja que te llegue.

The next day, she sees the children playing in the village square.

One of the **boys**, Nacho, says, "Look, it's the silly English girl who can't hit a piñata!"

The children laugh and Gloria's mind goes blank.

But then she remembers her grandma's wise words.

Al día siguiente, Gloria ve a los niños jugando en la plaza del pueblo.

Nacho, uno de **los chicos**, dice:

—¡Miren, es la niña inglesa que no sabe pegarle a la piñata!

Los niños se ríen y Gloria se queda en blanco, pero luego recuerda las sabias palabras de su abuela.

Gloria takes a deep breath and counts to ten.

Suddenly, her Spanish words come back to her and she says, "Just because I couldn't hit the piñata doesn't make me **silly**. I can speak in both English and Spanish! Let me hear *you* say something difficult in English."

Gloria respira hondo y cuenta hasta diez.

De pronto, las palabras en español vuelven a ella y dice:

—Sólo porque no pude darle a la piñata no significa que sea **tonta**. Puedo hablar inglés y español. Quisiera oírlos decir algo difícil en inglés.

Nacho stumbles to find his words and doesn't know what to say.

Adelita, the girl next to him says, "**We're sorry** we laughed, we're just not used to seeing children who aren't Mexican. What games do you play in England?"

Gloria is excited they want to know more about her. She decides to show them what she plays with her English friends at home – a game called *Duck Duck Goose*!

Nacho tiene dificultades para encontrar sus palabras y no sabe qué decir.

Adelita, la chica junto a él, dice:

—**Perdónanos** por habernos reído, es sólo que no estamos acostumbrados a ver niños que no son mexicanos. ¿Qué juegos tienen en Inglaterra?

Gloria se emociona porque quieren saber más sobre ella. Decide enseñarles a lo que ella juega con sus amigos ingleses en casa, un juego llamado *Duck Duck Goose*.

The children spend the rest of the day playing games together, filling the air with laughter and joy.

Adelita says, "We're going to a **birthday** party later, do you want to come?" Gloria's face lights up as she says, "Yes please!"

Later on, they make their way to the party and Gloria notices the piñata. She feels a little nervous because she doesn't want to look silly again.

Los niños pasan todo el día jugando juntos, lo cual les trae muchas risas y alegría.

—Vamos a ir a una fiesta de **cumpleaños** más tarde, ¿quieres venir? —dice Adelita.

—¡Sí, por favor! —responde Gloria y su rostro se ilumina.

Luego los niños se van a la fiesta y Gloria ve la piñata, se pone un poco nerviosa porque no quiere volver a quedar como tonta.

One by one the children line up to hit it.

"It's your turn Gloria," they cheer.

Gloria puts on the blindfold and is spun around a few times. At first, she feels a little **dizzy**, but she tries to stand still and listen carefully. She hears something move! Gloria lifts the bat, swings, and BANG! She hits it!

De uno en uno, los niños hacen fila para pegarle.

—Sigues tú, Gloria —gritan animándola.

Gloria se pone la venda en los ojos y le dan varias vueltas. Al principio se siente un poco **mareada**, pero luego se queda muy quieta y escucha con atención. Levanta el palo y, PUM, ¡le pega!

Gloria feels confident enough to go for it another time. She counts to ten then swings the bat with all her strength. This time the 'bang' turns to a loud 'pop'! Her friends run over as she takes off her blindfold.

The treats are scattered all over the floor: peanuts, cookies, caramel candies and oranges!

"**Well done** Gloria!" Nacho cheers.

Gloria tiene la suficiente confianza para hacerlo de nuevo. Cuenta hasta diez y le da con todas sus fuerzas. Esta vez el pum cambia a pop! Sus amigos corren mientras se quita la venda de los ojos.

Todos los dulces regados por el suelo: cacahuates, galletas, caramelos y naranjas.

—¡**Bien hecho**, Gloria! —dice Nacho.

Gloria runs home and tells her family all about the day.

"Grandma, I took deep breaths and counted to ten and my Spanish words came back. I've been playing with the other children all day – it's been so much **fun**! And guess what? I hit the piñata so hard the sweets went everywhere!"

Gloria corre a casa y le cuenta a su familia todo lo que pasó en el día.

—Abuelita, respiré hondo y conté hasta diez y me salieron las palabras en español. ¡He estado todo el día jugando con los otros niños y me he **divertido** mucho! ¡Y adivina qué! ¡Le pegué a la piñata con tanta fuerza que los dulces volaron por todas partes!

"I'm so happy for you, well done! I hope you're hungry, because I made tamales." Gloria isn't sure if she'll like them.

"Erm, I'm not sure Grandma, I don't like **spicy** food."

But she takes a little bite. "Yummy! They're delicious, Grandma, it's not too spicy."

Her grandma replies, "This time I used red chillies instead of green ones. They are sweeter, and when you get used to the flavor, you can try more delicious recipes."

—Me da mucho gusto por ti, ¡bien hecho! Espero que tengas hambre porque te hice tamales.

Gloria no está segura de si le gustan.

—Estee, no sé, abuelita, no me gusta la comida **picante**. —Gloria le da una mordidita y dice—: ¡Deliciosos! Están deliciosos, abuelita, no pican mucho.

—Esta vez usé chiles rojos en lugar de verdes —responde su abuela—. Los rojos son más dulces, y cuando te acostumbres al sabor, podrás probar recetas más deliciosas.

Gloria is happy to finally make peace with Mexican food and feels proud of her dual **heritage**. "I'm lucky to be Mexican and English because I get the best of both worlds." She hugs her family and can't wait to tell her friends back at home all about her grandma's delicious tamales, and of course the piñata parties!

Gloria finalmente está dispuesta a hacer las paces con la comida mexicana, y está orgullosa de su **herencia cultural**.

—Tengo suerte de ser mexicana e inglesa porque tengo lo mejor de dos mundos.

Gloria abraza a toda su familia y ya cuenta los días para ir a contarles a sus amigos en Inglaterra sobre los deliciosos tamales de su abuela y por supuesto las fiestas con piñatas.

CPSIA information can be obtained
at www.ICGtesting.com
Printed in the USA
LVHW072334270122
709651LV00002B/19

9 781739 937713